Die LYRIKEDITION 2000, begründet von
Heinz Ludwig Arnold, wird von Norbert Hummelt
herausgegeben

Das Buch

Ulrich Koch verfügt über eine sehr feine Beobachtungsgabe und hat auch die schöpferische Musikalität, Gefühle und Betrachtungen in einer Weise in Gedichte zu transformieren, dass die Sprache eine eigene Schwingung erfährt. So ist das Singen seinem Schreiben immanent, wie die Musik seiner Poesie. Profane Alltäglichkeiten, wie in dem Titel gebenden Gedicht »Call Center«, werden gesammelt und spiegeln als Mosaike das Schicksal der urbanen Existenz. Nicht zu Unrecht ist er wegen seiner realsurrealen Bildsprache mit dem amerikanischen Lyriker Charles Simic verglichen worden. Souverän gestaltete Naturstimmungen finden sich neben Stillleben – Spotlights auf das Leben. Und er schreibt unvergleichlich treffend über die Poesie: »Was dachtest du nicht,/ was Poesie sei!// Augenblicke,/ wie Stichstraßen ans Meer./ Lichte Momente,/ schwer/ wie Blei.// Alpen aus Wolken.// Und vorbei.«

Der Autor

Ulrich Koch, geboren 1966 in Winsen an der Luhe, lebt östlich von Lüneburg und arbeitet als Angestellter in Hamburg. Bisherige Veröffentlichungen u.a.: »Weiß ich«, Residenz Verlag 1995; »Auf mir, auf dir«, Residenz Verlag 1998; Veröffentlichungen in Zeitschriften (u.a. manuskripte, BELLA triste et al.). Er erhielt Preise und Auszeichnungen, u.a. den Förderpreis des Stuttgarter Schriftstellerhauses 2007.

Ulrich Koch

Der Tag verging wie eine Nacht ohne Schlaf

Gedichte

LYRIK
EDITION
2000

Weitere Informationen über den Verlag und sein Programm unter:
www.lyrikedition-2000.de

Gefördert von Books on Demand, Norderstedt

Bibliografische Information der Deutschen Nationalbibliothek:
Die Deutsche Nationalbibliothek verzeichnet diese Publikation in der
Deutschen Nationalbibliografie; detaillierte bibliografische Daten
sind im Internet über http://dnb.d-nb.de abrufbar.

© 2008 Buch&media GmbH/LYRIKEDITION 2000
Umschlaggestaltung: Buch&media GmbH, München
Herstellung: Books on Demand GmbH, Norderstedt
Printed in Germany
ISBN: 978-3-86520-295-6

                              ich denke dass wenn
                              ein Mann
                              wenn er
                              gestorben ist
             man ihn in sein Boot legen müsste welches eine Frau ist
       es ist seine Frau
in ein sorgfältig geteertes Boot und dass er verbrannt werden sollte
    wenn der Tag zur Neige geht so dass durch den Rauch hindurch
    die Sonne scheint auf jene welche dem Verstorbenen lieb waren
        das Boot eines Mannes darf man nicht morsch werden lassen

      Pentti Saarikoski

CHORAL

Du mit deinen Glasaugen
Und Haifischzähnen
Der du die Strichliste des Grases führst
Und am Fließband der Toten stehst
Bald kannst du abfeiern deine Überstunden

Du mit deinem Vollbart
Aus Fliegen
Lass dir vorlesen dies von deinen Engeln
Die jeden morgen in einem Einkaufswagen
Du über die Kreuzung schiebst
Und der Reihe nach stillst

Frische Blumen und Kerzenlicht trösten dich
Und der Gesang des Chores
Der in der Fabrik für Feiertage
Mit drei dünnen Stimmen singt
Auf halber Höhe
Für dich Für dich

I

LANDREGEN

Der Regen kämmt dem Himmel
die Gedanken aus: nasse Vögel.
Die Vogelscheuchen tragen die Regenjacken
der Verstorbenen auf. Sich küssen

schmeckt wie Familiensilber oder der
Mond: klein und grau
und zerkaut. Im Buswartehäuschen,
von Verliebten verwohnt.

Alter Friseursalon

Ohne Termin geht gar nichts. Die Wanduhr
steht seit Jahren und tritt den Kaffee fest,
der farblos ist vom Warten.

Unsere Nachbarinnen sitzen unter den Hauben;
grauhaarig, eingefallen: im Orbit vergessene Astronauten.
Mit Lichtgeschwindigkeit gehen ihre leeren Blicke

in die Kindheit zurück, wo nichts mehr ist –
von den Wänden lächeln die Bilder vergangener Moden,
während auf dem Tresen die Illustrierten verstauben.

Zuletzt wird gesprayt – Frisuren, steif wie Zuckerwatte,
werden mittags aus der Tür getragen: Süßigkeiten
für die Krankheiten, die kommen.

DER BÄCKER

Wenn sein Hund mit der menschlichen Stimme
das erste Selbstgespräch beginnt,
steht er schon in seinem kleinen Laden, vom Mehl
bestäubt, ein Mann von drei Zentnern
mit offenen Beinen. Die Eistruhe
beheizt den Raum.

Im alten Wohnwagen hinterm Haus
wohnt von Mai bis Dezember eine Handvoll Gänse.
Abends trägt er seine Mutter nach oben
ins schlaflose Bett.
Neben dem Wohnwagen steht ein verrosteter Betonmischer
wie eine Lostrommel
für vergangenes Glück.

Der Weg im Vorgarten endet am Briefkasten.
In der Regentonne unter der Traufe kreisen Mückenlarven.

In den Fenstern schmücken sich
Blumen. Auf der Wäscheleine erblinden
die Laken.

OSTWÄRTS

Auf dem Friedhof Vogelgezwitscher,
eine dreibeinige Katze, unsterblich
ins Leben verliebt, leckt ihre Vorderpfote.
Gräber wie verdunkelte Fenster.
Gießkannen, überkopf aufgehängt,
mit langen, tropfenden Hälsen.

Im Haus des Toten die Risse,
ist das die Seele, die sich verschiebt
jährlich Zentimeter nach Süden?
Oder neben dem Friedhof
das Feuerwehrhaus, die Sirene,
die jeden Samstag Fliegeralarm übt?

Pendler im Winter

Wir atmen Dunkelheit ein und Schnee aus
gähnen und stopfen unsere Tasche mit Brot
und der Zeitung von gestern aus nehmen
vom Vortag noch klamm den Mantel vom Haken
den wir nachts in unsren Träumen tragen

Im Buswartehäuschen das wir seit Jahren
verwohnen hängt ein Plakat für den Tanz
in den Mai – grau an den Rändern ausgefranst
Rechts oben das Passbild voll Falten verblasst
steckt im Futter des Mantels unsre Jahreskarte

Im Schulbus vom Atem der Nachwelt warm
schlafen wir auf der Rückbank ein
um mittags zur Kantine aufzufahren
wo der Koch auf uns wartet die Kelle
wie eine Prothese am Arm

Ein schmales Licht begleitet uns spät
zu den Feldern zurück zu den Wolken
In den Kurven der Bahn rollt müde der Kopf
Am Fenster das Klopfen der Schläfe
hämmert ihn tiefer ins Dunkel

HOLZ MACHEN

Die Mücken beruhigen sich erst
auf der Haut. Der Mohn wird

vom Wind entfacht. Auf
der Leine entblößt uns

die Wäsche. Und weiße
pralle Larven fallen

aus dem toten Holz,
das wir spalten.

JULI

Ich bringe meine Mutter zur Arbeit
an einem Julimorgen. Wir fahren vorbei
an den Häusern, dem Dorfhaus, dem Schießstand,
durch die Schatten der Bäume, Alleen.

An Garagen, an Gärten, Rasen und Beeten.
An Leuten vorbei, die ihr Haus verlassen,
die Haare gekämmt, das Gesicht noch verschlafen.
Wir hörn, wie die Schlüssel sich drehn.

Am Friedhof vorbei, die Müllabfuhr kommt
und holt die Toten. Die Gräber gleichen
gekenterten Booten. Und auf den Pedalen
stehn ihre Füße auf Zehn.

SONNTAGMORGEN

Früh am Morgen sticht das Licht
die Rosen auf, und Leitern steigen
in die Kirschbäume, um die Vögel zu füttern.
Und ein staubiger Feldweg kriecht

über die sanften Hügel am Friedhof vorbei,
aus dessen Kapelle die Trauergemeinde strömt
und jetzt stillhält im Vormittagslicht
wie das Lieblingsmotiv eines Malers,

der viel Zeit hat. Denn die Zeiger der Kirchturmuhr
haben sich in der Ewigkeit verklemmt –
vergreist treten die Kirchgänger ins Freie
und sehen, wie der Schatten einer Wolke

über die Felder wandert: wie ein Finger
auf einer Landkarte. Bis eine Kuh auf der Weide,
hüftsteif und willenlos, in den Galopp
verfällt, am meisten von sich selbst überrascht.

August

Sie stützt die Wäscheleine
und den Himmel

mit einem Stecken ab
und hängt die Wäsche auf

im Garten, weiße Laken, taucht
hinter einem hervor, sieht

nach ihrem Schatten, und
es beginnt zu regnen, und

sie hängt die Wäsche
wieder ab und hängt sie

im Keller auf, und
der Regen steigt

von unten durchs Haus.

SEPTEMBER

Schon wieder gehen die Blumen in Lumpen.
In den Betten liegen die Alten,

kauen an ihren Zungen
wie an kalten Zigarrenstumpen.

Die ersten Äpfel, die ich schäle,
sind noch ein bisschen schüchtern:

im Gehäuse kauert der Nachwuchs,
schwarz, wie eine verlorene Seele.

Bald spuckt man die Kerne,
da man leise ein Liedchen summt,

ins Dunkel, singt sich der Ofen nüchtern
mit einem Stück getrockneter Birke,

das lächelnd im Feuer verstummt.
Und über uns keimen die Sterne.

SPÄTSOMMER, ABEND

Die Katze dämmert. Schreibt einen Brief
an ihre Abwesenheit und wartet
auf Antwort. Vor der Kathedrale des Salates
nimmt eine Schnecke den Helm ab.

Der Bussard nimmt letzte Außenreparaturen vor
in der Schwerelosigkeit.
Auf dem Rasen spielt ein Regenwurm:
Vater Mutter Kind und wird

von einer Amsel gedrittelt
und zum Notenschlüssel gekrümmt.
Gleich beginnt die Pilgerfahrt der Motten,
zieht Nachtschwester Mücke ihre Spritze auf

gegen das Fieber des Schlafes, das steigt.
Bald sind die Äpfel reif. Lautlos gravieren
ihre Bewohner unsre Namen ins Fleisch.
Das Fallobst wird schon von Fäulnis geheilt.

UNTER DEN APFELBÄUMEN

Unter den Apfelbäumen brennt der Nachtfrost
Das Fallobst schwarz. Mit Rucksäcken aus Laub
Wandert die Allee. Die Stiefel der Polen,
Zerbeulte Trompeten, blasen im Matsch.

Rübentransporte, als würde irgendwo noch
Eine vergessene Schädelstätte abgetragen.
Wie Wäscheklammern wippen die Spatzen
Auf den Überlandleitungen. Auf der Leine:

Der Himmel. Die Nacht nimmt ihn ab. Und sie
Öffnet ein Fenster, damit sich das Draußen
Aufwärmt, und sagt, sie will noch ein Kind
Von mir. Aber vorher will ich eins von ihr.

ERNTEDANK

In der Kapelle
rückt der Pfarrer
die Urnen zurecht.

Im Fußgängertunnel
macht der blinde Bettler
gerade Mittagspause

und liest sein Horoskop
in der Zeitung
und lacht.

Auf dem Marktplatz
verschieben die Hütchenspieler
die Asche.

Halbzeit, Alte Herren

Von der Dorfmitte weht das Sonntagsgeläut
der Kirche herüber. Hinter der Kabinentür
des Schwarzen Mannes ist es still, als legte er
mit seinen Karten Patiencen. Während er

die Flaschen entkorkt, verfolgt der Vereinswirt
das Spiel im Fernseher an der Wand:
der Monitor einer Überwachungskamera
auf einem fernen Planeten.

ENDE DER SAISON

Haben sich die Augen ans Dunkel gewöhnt
sind die Nüsse reif

und gehen auf jeden Morgen
und zeichnen die Krümmung der Erde nach
am Abend vom Lid überwölbt

Das Schwimmbad wird mit Schatten geflutet

Im Garten legen Apfelbäume
Sternbilder aus Fallobst
mit erloschenen Sorten
die noch leuchten

Und wir fegen
unter den Bäumen
die Kleider

WINTERANFANG

Morgens stehn alle
vorm Spiegel an, suchen das Ende
der Warteschlange. In jedem Zimmer
hängen Bilder von jedem,
vergilbt hinterm Glas wie Zähne,
die Rahmen wie Schmutz unter Nägeln.

Du wirst dich an alles
gewöhnen. Güterzüge, endlos,
ziehn Baumstämme aus dem schwankenden
Wald. Auf den Fensterbänken
schminken sich die Blumen ab.

In die Hemden,
auf der Leine gefroren,
wächst du hinein, überkopf
mit erhobenen Händen.
Und alle Betten stöhnen.

VIERTER ADVENT

Einem Einbrecher gleich,
der Betten aufschlitzt,
zog ein Fuchs seine Spur
um den Hühnerstall.

Auf dem Nachbarhof
folgen die Schweine
dem Schlachter ins Nichts,
stumm und beleidigt.

Und auf der Leine,
kopfüber und leer
wie die Strampler neben
Laken, Hemden,

gefrorenen Slips,
pendeln Kaninchen,
die Läufe, sehr kurz,
zur Erde gestreckt.

HEILIGABEND

Mit den Glockenschlägen entlaubt sich der Wald
Der Wind schwenkt das Haus wie ein rauchendes Fass
In den Krippen liegen die neuen Puppen wach
Die Uhr tickt wie ein fallendes Tulpenblatt

JANUAR

Die Wangen der Briefträgerin
sind rosig
wie Hände
am Feiertag

Weil die Briefe kalt sind
und die Hunde rauchen
und das Postauto
schlingert

II

Bus in die Stadt

Die innere Uhr weckt mich am Morgen,
als schleifte ein Anker über den Grund.
Im Halbschlaf ziehn die Gedanken
Splitter aus dem sich öffnenden Mund.

Das Kind vor mir sieht aus dem Fenster,
entrückt, als läge es wach.
In den laublosen Kronen Nester.
Zweige berühren das Dach.

Hinter mir schläft ein Alter,
schnarcht mit zahnlosem Mund,
hält, als säng er die Hymne,
die Hand übers offene Hemd.

Kurz vor L., da bist du ja wieder!,
alte, gebeugte, zerlumpte Frau.
Schon dreht der Fahrer am Lenkrad,
ein riesiger Deckel, der klemmt.

Jetzt zieht sie an ihrem Körper
wie an einem störrischen Tier.
Müde rutsch ich ans Fenster.
Die zwei sitzen neben mir.

Ende der Nachtschicht

Ein ehemaliger Melker
zapft das Bier

Wir schlafen
im Stehn
still wie Milch

CALL CENTER

Ein Kopf aus Ton, eine Plastik aus Bronze, armloser Marmor,
dann kommen schon wir: mit Kopfhörern, Tasten, Mikrofonen,
ganz Stimme, ganz Ohr. Das Rattern der Gleise wächst ein in
 die Beine,
vom Sitzen, Fahren, und wie langsam schließt sich die Grube
im Sitz, wenn wir gehen, von unsrem Gewicht. Wir sehn, wie
 wir wohnen:
wir wohnen wie wir. Jeden Morgen werden wir wach, und alleine
der Griff nach dem Wecker, der Blick in den Spiegel, wie die Tube
gedrückt wird, macht uns einzig wie uns. Unsere Gesichter,
von Schlaf überzogen, sieht man nicht wieder. Wir hören
 Stimmen
und werden dafür bezahlt. Anmelden, Kennwort eingeben,
dann vibriert das Display der Warteschleife, verschiedenfarbige
 Lichter
heben die Zahl der Wartenden hervor, die steigt, ein Glimmen,
wie von fernen Bränden, Einsamkeiten, anderen Leben.
Großraumbüro heißt: überall Tische und eine leere Mitte.
Wie ist das bei Städten, bei Leben? Hörer abnehmen, melden,
 hören,
den Namen aufnehmen, Mitreisende, Alter, ins Leere gesprochen,
ohne Blickkontakt. Geschichten erzählen die Hintergründe:
 Schritte
im Haus, Maschinen, die laufen, das helle Geschrei der Gören
und manchmal Topfklappern, Küchenlaute, fast hat man's
 gerochen.
Zwischendurch ein Anruf zu Haus, der Blick aus dem Fenster
 auf den Rest
der Welt, in der nichts passiert: Wer war man noch eben
 gewesen?
Ein letztes Gespräch, mit dem am Abend der Tag von vorn
beginnt und gleich endet. Wer als Letzter den Raum verlässt,
schließt die Fenster, löscht das Licht. Fast ausgelesen
ist das Buch in der Bahn. Ich schreibe Ihren Namen auf ein
 Reiskorn,

verspricht jemand in der Passage. Jetzt läuft die Nachtansage.
An den Kiosken dämmern die Zeitungen vom Morgen,
 hoffnungslos veraltet.
Die Nächte vergehen am Tag und wie Nächte ohne Schlaf die
 Tage.
Rufen Sie jetzt an. Die Leitungen sind für Sie geschaltet.

OFFENE GRENZSTADT

In der baumlosen Allee
gehn die Laternen aus. In den schwarzen Regenpfützen
läuft ein Tonband mit.

Liegen gebliebene Häuser säumen
zerfallend die Straßen. Hinter den Fenstern
sitzen die Fahrer und warten.

Nicht gepackte Koffer pendeln
auf den Wäscheleinen. Wir werden durchgewunken
von Linden in abgetragenen Uniformen.

HAUPTBAHNHOF, MORGENS

Ein Nachtzug fährt ein
mit beschlagenen Fenstern
und wird von seinem Fahrtwind überholt,
in dem die Zeitungsständer flattern.

Urlauber torkeln und ziehn an Koffern,
die wie Jungtiere schnurren und folgen.
Schmutzige Wäsche strampelt darin.
Es riecht nach Schlaf aus dem Süden.

Und die Luft vibriert vom Summen der Drohnen,
von raschelnden Mänteln und Taschen –
Pendler entsteigen am Nachbargleis
dem Eilzug, in dem sie fast wohnen.

Zwei Putzkolonnen entern die beiden
Züge, die nebeneinander stehen.
Gleich fahren sie weiter, zwei Parallelen,
die sich irgendwo schneiden.

MÄRZ

Im Dunkel der Schränke
reifen die Sommerkleider

bis sie durchsichtig sind
und geblümt

bis sie schweben

GEBURTSSTADT

Im Geschäft für Brautmoden
eine Änderungsschneiderei

im Fenster
die Näherin

lutscht am
zerstochenen Daumen

MOTEL

Immer geht das Fenster
mit den Fingerabdrücken
der schon weitergereisten Agnostiker
nach hinten raus

immer mit Blick aufs Südkreuz
über dessen Ellipsen
Spielzeugautos rauschen die Vertreter
pressen die Gesichter an
die blutverschmierten Scheiben

Die Einsamkeit
ist unempfänglich
für Flecken. Senkrecht
fallen wir

aus der Umdrehung
der Erde

auf den Bettrand, bucklig
von den Dachschrägen
der Kindheit. Die Fernbedienung
in der Hand wie ein Kreuz
mit Batterien

MAI

manchmal rückt die Feuerwehr aus
mit ihrem Museumswagen
und löscht den Brand
auf einem verstaubten Gemälde

während auf dem Meer der flirrenden Folie
die Polen nach Spargel tauchen
fährt der Dorfidiot Patrouille
für den Schlaf der Vernunft

es gibt die Schönheit der Frauen hier
sie ist zum Erbarmen ihre Brüste sind Hufeisen
oder Künstlermonogramme man pilgert
Jahr um Jahr liegt ungetröstet

in ihren Armen die Toten werden zu Erde
gelassen man steht wie Matrosen
das Boot ist leck dann dreht man
es um schwankt von Deck

Verschenkter Nachruf I

Jetzt wächst du hinein in das Bild,
das du gabst, wenn du,
als Haufen Erde getarnt,
grau und weich in der Wiese lagst.

Die Stille hast du
auf dich gezogen, wie Flocken
die Pfoten gesetzt, zitternd
vor Gier nach der Brut,

mit deinem Schnurrbart aus Milch.
Jetzt schmilzt dein Fell,
deine Augen sind leer,
wie aus dem Nest gefallen.

Erleichtert singen die Vögel im Garten.
Oder bist du jetzt doch geflogen?

Verschenkter Nachruf II

Ein Geräusch wie am Schlafzimmerfenster
der Anprall eines Vogels, der irrt.
Eben noch sah mich dein Auge,
das weite, als du den Kittel erkanntest,

den weißen, allzu weißen, und brülltest,
aus deiner Tiefe riefst.
Jetzt fließt der Strom, und die Welle
wirft deine Zunge, zappelnd, an Land.

Jetzt liegt sie zwischen den Zähnen,
matt wie ein Schläfer im Gras.

Verschenkter Nachruf III

Es musste gerade passiert sein.
Du lagst auf dem Schulweg im Graben,

die Beine wie die Gelenke
eines Regenschirms abgespreizt.

Voll Fliegen die Augen, die Zunge.
Die Ohren, mit denen du Augen gemacht.

Noch heute riechen die Hände
nach deinem Fell bei Nacht.

JUNI

Datum und Uhrzeit in Form der Laubbäume
schwermütige Briefträger von Ausgrabungen zurück
Bienen an den Knöpfen der Uniform
Tulpenblätter die wie Uhren ticken

und Meisen schlüpfen durchs Einflugloch
in eine andere Galaxie
und Schwalben machen Flugmanöver
die schief gehen in der Theorie

im Wald singen dazu Kettensägen
die Kronen fallen sich selbst entgegen
seufzen wenn ihren Schatten im Fallen
die kühle Luft entweicht

zu Stunden gestapelt
Tag und Nacht gleich

Oktober

Die Kastanien
zählen ihre Nüsse.

Man wirft Schatten beim Gehen
wie Licht in einer Flasche.

Sanfte Gesichter
in der Bahn.

Jeder Tunnel
öffnet das Dunkel.

Das lange Ausnüchtern
im Gegenüber.

FEIERABEND

Für einige Stunden
hört es auf,
Erde zu regnen,
und wir kaufen

Brot und Wein

und feiern am Abend
ein kleines Fest
unter dem Halbmond
des nicht aufgegessenen Pausenbrots.

Müde hangen die Köpfe
der Kinder überm Tisch. Und lernen
auswendig, was wir vergessen
wollen.

Und es ist Abend.

Und die Blätter auf dem Rasen
sind Fußspuren
an Haltestellen.

HERBSTANFANG

Dieser kurze Blick ins Dunkel, den mir
das Nichts gewährt, ähnelt dem in die Flasche,
die ich gerade geleert habe; gierig,
in einem Zug, ohne abzusetzen.

Und als wäre mir das nicht genug,
betracht ich vorm Fenster die Leere
des Sommers: Der Vogelflug macht schwindlig
unter der Herde der Wolken. Nur

das Gewicht der Blätter muss noch
geringer sein. Was tragen die aus? Das Licht?
Wir, unterm Strich,
ein Loch in der Erde.

NOVEMBER

Laubfall der Blicke. Geruch
verschwundener Dinge,

der in die Tiefe geht, wie der Topf,
der jeden Abend zusammenkratzt

das Gesicht. Schatten der Brücke,
die morgens den Fluss überquert,

der die Sterne
ins Meer schwemmt

über Nacht: Verse,
die unter der Schneelast brechen.

STILLE NACHT

Die Bäume haben sich ausgezogen.
So dünn sind sie also. Die Straßen
sind leer, die Schaufenster voller Krippen,
und auf einmal fällt ein wenig Schnee,
der aussieht wie ein Fehltritt
und sich halb blind in die Tiefe tastet
und schmilzt,
sobald er sich ans Dunkel gewöhnt.

Endlich bist du gekommen.
Das Wasser steigt nachts bis zur Decke. Sag
deinem Vater, er kann aus dem Schrank kommen.
Sprich schlesisch mit mir.

Und wir verstecken uns eine Weile
auf der Toilette, bis ein anderer
an der Türklinke rüttelt, und gehen
ins Zimmer zurück, wo der Fernseher läuft,

tonlos, und das Bett sich wölbt
wie eine schmutzige Wolke, auf
deren Rand wir
sitzen, bis die elektrischen
Kerzen herunter-
gebrannt sind.

III

Flussabwärts

Der Fluss windet sich wie an Land gezogen
Ich sitz am Ufer und kühl meine Füße
Hinter mir schwanken Blumen und grüßen
Alle Fensterbänke in Krankenzimmern

Den Verriss meiner Träume besorgen die Vögel
Sie singen werd glücklich was ich nicht bleib
Sonntage öffnen sich wie Einmachgläser
Jeder Ball sieht aus wie die geköpfte Zeit

Nie mehr aus der Haut gehn die Bügelfalten
Die Ertrunkenen werden gewaschen und angezogen
Die Schwalben versprechen nichts mehr zu halten
Die Hose wird nie wieder trocken

OBEN, UNTEN

Während mein Herz die Zecke
sich vollsaugt anschwillt
quillen Wolken verbrannten Schlafs
aus dem oberen Fenster:
sie schüttelt die Betten auf
mit ihren Träumen
hat sie mein Kissen gefüllt

Unten legt er eine Platte
auf das alte Abspielgerät
es ist die Erde
eine schwarze verbogene Scheibe
die sich langsam in Wellen
immer schneller dreht

und der Tonarm
senkt sich in die erste Rille
und kratzt mit dem Fingernagel
Staub und Stille
aus dem Nabel
des endlosen dunklen Vormittags

NACH DER KINDHEIT IST WIE NACH DEM SEX

Nach der Kindheit ist wie nach dem Sex:
Das Alphabet hat zweiunddreißig Zähne,
die Einsamen werden von ihrem eigenen Schatten gefüttert,
die Verlassenen verweigern das Essen.

Was aus uns werden sollte, spielten wir,
und waren im Handumdrehen nackt. Nachts tickten
die Wasserpistolen auf den Feldern, sprengten
das Dunkel, im Haus

roch es nach Morgenhunger
und Mittagsschlaf, am Tisch in der Küche
saßen vier Stühle, das Fenster kippte
die Gegend zurück. Manchmal, im Vorbeigehen,

berühren wir uns noch: Wenn man
unter einem Baum hindurchgeht,
seinem Schatten, und ein tiefhängender Zweig
berührt die Schulter. Und ziehen uns aus

mit den Augen, unseren Blindenhunden.
Den abgezirkelten Schatten. Zwei Kohlen
im Schnee, im Gedächtnis
zwei Löcher.

In einem Haus am Ende der Strasse

In einem Haus am Ende der Straße flackert Licht.
Das sind wir – wir schalten die Sprache an:
Das ist die ewige Jugend unter den Schonbezügen,
das Stöhnen der Nachbarn, das Summen

von Bienen, der Wind auf der Straße,
er jagt seine Stille. Das ist der Ort der Kindheit:
Geschrumpft, hässlich. Als kehrte auf einmal
eine Selbstüberschätzung zurück, unter der

man damals nicht gelitten hat. Nachts wird es kalt
wie im Winter, wenn über die Baumwollfelder
aus Schnee der Engel der Arbeit
nach Hause hinkte: zerlumpt, halb nackt.

Ins Haus am Ende der Straße: Da flackert
das Licht, das sind wir: An. Aus. An.
Er hat nur ein Bein, aber ein großes
Flügelhemd, in das er sich schnäuzt.

Meine Haare

dämpften die Schritte im Friseursalon
wie frisch gefallener Schnee
verstopften Abflüsse, U-Bahn-Tunnel, Brunnen

Frisches saftiges Gras
froren fest im Winter starb ab
unter ausgelichteten Apfelbäumen
betrank sich im Regen
wuchsen nach

Mutters rochen angenehm im Dunkeln
Fallen dem Kissen aus

Die frischen Blumen
tragen offene Haare
Die Stängel durstige Stunden
der Duft verwehte Jahre

Pegasus

hieß mein erstes
Fahrrad schlief immer
im Stehn
Ein Zug nahm es mit
am Bahnhof nachts
fährt am Himmel
sein Licht auf mich
zu

NÄCHTLICHE AUTOBIOGRAFIE

Weil jemand zu lange am selben Brief schrieb,
wurde es immer früher dunkel.

Die Schreibhand saß auf dem Stift
wie ein Vogel auf dem Ast.

Was im Dunkeln fiel,
berührte nicht den Boden.

Aber die nackte Brut
fror wie nasse Katzen.

ACH DER STERNENHIMMEL

ist nur jene kleinstadt im stausee
in der sie das licht vergessen haben
und wir sitzen hier im dunkeln und kommen
zur welt wie gerade vom baden

wenn wir schlafen vernähen die spinnen
unsre uhren und blutigen knie
und wir klammern uns aneinander
und das haus rollt von luv nach lee

wenn wir sprechen blubbern blasen
was wir sagen wird alles geschluckt
und beim bestatter beschlagen
die fenster vom blumenschmuck

schatten von wolken und booten
gleiten hinweg über uns
in die einen fallen die toten
aus den anderen nasser schnee

Jedem Blatt

Was flüsterten die Bienen
ins Ohr den Blüten? Die Äpfel
wurden rot davon,
süß. Nicht Amseln,

Blätterschatten wehen, bebrüten
das Dunkel – ein leeres Ei,
das die Sonne daließ.
Jedem Blatt, noch grün,

in Gedanken schon gelb,
bläst ein Wind ins Gefieder,
rüttelt daran. Bis es sich löst
und zu Boden fällt,

mit dem Schnabel voran.

LEKTÜRE

In der Mitte des ausgeliehenen Buches
klebt buchstabengroß eine Fliege zwischen den Seiten: Ich
stehe immer noch an der Haltestelle
für den Schulbus,

unter dem mageren Licht der Bogenlampe,
in der Bucht aus Tannen,
gelähmt vom Rausch des Wartens,
vor mir mein Atem.

Fast leeres, fast stilles Wartezimmer

in dem nur ich sitze, zuhause
beruhigt sich der Spiegel.
Auf den abgewetzten Sitzpolstern
saßen schon jüngere, einer
sterblicher als der andere.

Bis ich drankomme, studiere ich
das Schaubild
des menschlichen Skeletts an der Wand
mit dem alten Fliegenschiss
auf der Stirn
von den verhungerten Fliegen
auf der Fensterbank.

Der Arzt ist
seit Jahren tot,
die Sprechstundenhilfe
neu verheiratet.

Vielleicht ist Sprache nicht das richtige Wort,
sage ich leise zu mir selbst
in die endlose Stille hinein.

Oder der andere Vogel im Käfig.

STRASSENRAND

Es sehnt sich nach dem Guten, wer
das Schöne begehrt. Les ich bei
Platon. Auf Straßenlampen die Dämmerung
stakst hinweg über mich: Mit Stiefeln
steh ich im Schlaf, der am Abend
frisch gefallen war. Neben mir endet die Spur.
Und vermisse dich nicht, Heimatstadt,
alter Stich an der Wand einer leeren
Stube. Es wandert der Tag
um den Kirchturm herum, der unbewegt
nach oben zeigt. Bald ist es schon wieder
Abend. Eine Schwalbe fliegt noch
als Schatten, den irdisches Licht
nach oben wirft, bevor sie zum Rand
ihres Namens aufbricht. Und stehe hier
am Straßenrand. Und sehne mich.
Und begehre. Oder umgekehrt.

Genealogisch

mir war so ich wäre
aufgetaucht aber es
war nur mein Name

an jenem Scrabble-Abend: Er
legte ihn der
zu wenigem passte

manchmal ist mir als ob ich
gesungen würde
und verstumme

auf diesem Zweig
und denke was für ein großartiger Einfall
das Licht ist

in das
ich steig aus
dem ich falle

GLÜCK

In einem Einbaum
flussabwärts treiben

Wasser trinken
Schatten werfen

IV

BLUMEN

Erstes Selbstgespräch
des Lichtes
in den frohen Farben
der Abwesenheit.

Die Blumenhändlerin,
fast zahnlos,
fast kahl,
bindet den Strauß
wie einen Strick.

Post triste

manchmal rudern wir noch
mit den Armen

Haar schwappt ins Boot
das voll läuft sich neigt

bis die Augen
schwimmen und ziehn

uns an Land
aber meistens allein

POST TRISTE

es ist nichts geht um
alles. Die Gelenke verknoten sich
und senken uns
in die Höhe
mit offenem Mund
der Luft schluckt
oder singt
mit Stimmen
von Leuten
die fehlen
sesshaft
mit klingenden Namen

Post triste

vergib mir Frau mein Bauch
hab ihn gezeugt
wenn ich in Garten stand nachts
die Blumen schmückte
das Haus abstützte
dein Schlaf fütterte
mit paar Büscheln
von mein Haar
vergib mir
gebär ihn bald
frisst mich auf

FIEBER

Es war so eine warme
Sommernacht. Die Sterne
löcherten den Himmel.

Wir machten Liebe
wie zwei Paar Handschuhe,
die Karten spielen.

Leider hatte sie das Gesicht ihrer Mutter.

Und die Sterne wanderten,
langsam und steif,
wie Frierende, die Feuerholz sammeln.

DER ERSTE KUSS

Der erste Kuss war wie ein Löffel
im Mund. Ihr Haar roch nach Rauch.
Ihr Gesicht
war schön wie ein Lied. Ich
konnte kein anderes. Andere sangen
heimlich mit.

Alleinsein sei köstlich,
der Apfel, im Fallen
gefangen,
überreif,
unversehrt,
dachte ich

dann.
Und will ein Loch
mit dem Löffel graben.

Abtrieb der Wolken

Ohne Worte kommen sie,
und die Glocken läuten am Hals.
Schnee fällt bald aus dem Nichts
und hängt als Geruch im Kleid.

Im Dunkeln glühen die Adern,
und vom Faden im Licht der Lampe
weiß man den Namen, ihren,
und schreibt ihn heimlich ins Wasser.

Doch das ist nichts
gegen das mit dem Herzen.
Das lecken wir sauber
wie einen Teller.

HINTERHOF

unsre hochzeitsglocken läuten
die grauen mülltonnen
auf der treppe klebt blut
schwarz und geronnen
die messe hat schon begonnen
unsre hochzeitsglocken läuten
die grauen mülltonnen

Entdeckung an einer alten Frau

Ihr Haar
verweht.

Sie trägt die Schlafanzüge
ihrer Söhne auf, ernährt sich

von den Fingerspitzen,
mit denen sie alles antupft.

Abends legt sie das Gebiss
ins halb volle Wasserglas,

in das sie den Finger tunkt
wie ein Vogel den Schnabel.

Der Kamm daneben
summt die ganze Nacht.

DURCHFAHRT

Ich denke oft, es wäre schön,
dich einmal noch zu sehn.
Dann seh ich dein Gesicht
vor mir, wie's war
vor ein paar Jahren.
Und denke: besser nicht.
Und fahr.
Und bin gefahren.

FEINRIPP

Was bleibt denn von der
Liebe Doppelnamen in Doppelgaragen
Plastik
Plüsch und auf
Plakaten über-
lebensgroß der Rest der Geilheit Werbung für Feinripp
ein Birkenstamm
von Schnee bemoost

Post triste

als wir aufstanden schwankten
im Schrank die Mäntel

umarmten uns
kurz zurück

blieb im Kissen die Mulde
der Gipsabdruck der Nacht

LIED FÜR NIEMAND

Als ich die Wahrheit noch glaubte
kam ich pfeifend aus dem Wald zurück
die Schnürsenkel waren gefroren

Jetzt schreib ich den Freunden Briefe
und werfe mich schweigend ans Kreuz
ihrer offenen Arme und drück sie
an mein Herz den zerbeulten Kreisel
der seit vierzig jahren brummt:

Ihr dürft von weitem meine Frau ansehn!
Und meinen kastrierten Hund streicheln!
Der hat früher viel geredet
und ist vor Liebeskummer verstummt

Denn es gibt kein größeres Unglück
als eine glückliche Kindheit
Der Geschmack im Mund wenn man aufwacht
bleibt jetzt lang über den Morgen hinaus
Länger als die Geliebte
die nicht geht und leise lacht

POST TRISTE

das Bett
hat deine Abwesenheit verschleppt

die abgebrannten Augenblicke
liegen kopfüber
in der Streichholzschachtel

und überall gibt es Fingerabdrücke von dir
wie die Pfoten
eines unsichtbaren Tiers

während du vorm Spiegel
deine Haare kämmst
Lesebändchen
quer überm Lid

Post triste

dem Mann ohne Frau
sind Brüste gewachsen
mit denen er seinen Bauch stillt
der jetzt aber friedlich
schläft

DIES IST

der Satz, mit dem ich beginne.
Ich bin aus Luft, meine Knochen
sind Spinnweben. Die knüpft
mein Herz, die graue Spinne
wartet verfressen auf kürzere Leben.
Dies ist mein Schatten. Ein Sack
voll Kohlen, ich trage ihn kurz,
er macht sich schwer. Gleich
komm ich zurück, um den nächsten
zu holen, und schulter ihn wie
ein Gewehr. Dies ist meine Frau.
Ich kenne sie kaum und kann
sie nicht lassen. Sie lässt es zu,
auf ihre Weise. Nachts lieg ich
bei ihr. Ihr Körper ist dann
ein gelandeter Schwarm, vollzählig,
fast, vor der Weiterreise.

Post triste

wir haben dann nur noch Augen
für uns
Ausfluglöcher bleistiftdick
wenn die Träume sich durchgebohrt haben
durchs Holz des Anfangs
Mehl hinterlassen
im Spiegel
der nach hinten rausgeht
in den Hinterhof der Jahre
über dem der Mond schwebt
von Wildschweinen zerwühlt

Post triste

ich komme vom Meer
dem fliegenden Teppich

und geh übers Gras
es stopft mir die Strümpfe

V

DIE UNRUHIGEN NÄCHTE

sind lange vorbei, als das offene Fenster
um sich schlug und der Wind vom Fluss
mit dem Qualm der Fähre den Geruch
von nassem Haar hereintrug. Den Innenhof
und den Zwinger, die gibt es noch,
und die Schaukel, die immer zum Himmel
schwang, aber nicht mehr die Amsel, die
jeden Morgen ins Gebüsch verschwand
mit erhobenem Schwanz. Die Bäume?
Gefällt, Stümpfe, liniiert, und von den Häusern
stehn nur noch ein paar, Häuser,
die am Morgen Schatten werfen,
wie Berge breit, von den Bergen: wir –
wir und das Gesicht jenes dicken Mannes,
Wirtstier der Einsamkeit im Bahnhofimbiss,
vor dem sich die Spur der Kehrmaschine
schlingernd in Richtung Ausgang verliert.

Die Klavierlehrerin

Als wäre er noch gewachsen,
passt der Flügel nicht mehr
durchs Treppenhaus, sinkt
an einer Seilwinde
zur Straße.

Kein später Besuch
wird jetzt mehr empfangen,
auch Schumann,
ihr glühendster Verehrer nicht.

Schwarzes Holz
verdunkelt
die Fenster.

Im wunderschönen Monat Mai.

Wer schlägt ihm nur jetzt
um Mitternacht
auf die bösen bösen
weißen Finger?

BRAHMS

Während die Schwerkranken gerettet werden,
werden die Leichtkranken schwerkrank:
Die blühenden Zweige in der Vase,
deren Schatten am Wachstuch leckt.
Der schnurrende Knäuel am Ende des Fadens,
mit dem sie ihren Engeln Socken strickt.

Nachmittags erhebt sie sich, wenn das Fernsehgericht
den Saal betritt, zählt die toten Fliegen
auf der Fensterbank: an der Scheibe regnet
die Gegenwart ab. Der Kamm bleibt stecken
in den Haaren. Nur der Teddy
auf dem Sessel schaut seit Jahren

mit verhangnem Blick aus dem Fenster:
auf Blätter, die fallen, das Wetter, Fahnen,
Besucher, die lautlos aus der Tiefgarage fahren.
Die wenigen Briefe sind Drehbücher
für ein Zweipersonenstück, die Uraufführung
war gestern. Nachts tiefe Stille.

Nicht mal Türenklappern. Am Mittagstisch
sitzt man zu viert. Es sind immer die andren,
die schlürfen, sabbern. Die Schwestern schlurfen
wie Engel in Rente. Ihr Lächeln ist ein Abschied
auf Raten. Sie singt uns, während wir sie baden,
hundertmal Brahms Wiegenlied.

VORABEND

Die Sittengemälde sind alle gekippt:
von Gardinen gerahmt, nikotinvergoldet.
In den Küchen sitzen die Toten bei Tisch,
ewig essend ihr Pech.

Übern Himmel wandern Laternenumzüge,
gelockte Wolken, alte Moden,
aus denen die Gegenwart fällt:
schwarz, mit gläsernen Flügeln.

Gleich steigt Nacktheit, Rauch
aus den Kleidern.
Unterm Dach packen Schatten,
um auszuwandern.

Beobachtungen am Jüngsten Tag

Eine Wolke nimmt ihr Junges nicht an

Im Straßenbahndepot sammelt die Reinigungskolonne
die verlorenen Handschuhe ein
bevor sie eine Dummheit begehn

In einem Bettengeschäft liegt ein Paar
auf einem Doppelbett Probe
und ist eingeschlafen

Wir heben uns gegenseitig vor den Spiegeln hoch
schaun aufs getrunkene Wasser

In einer Waschanlage steht ein Leichenwagen
schwarz wie ein Geigenkasten
und wird gebürstet geföhnt und gewachst

Die Windstille streicht alle Kleider glatt

Gleich rast er wieder übers Land
wie mit einem eiligen Transplantat

Ach Issa

Ach Issa, der Frühling ist da.
Hast du den Kirschbaum festgebunden?
Das Morgenlicht frühstückt in den Kronen
und pickt Krümel mit den Fingerkuppen
aus dem Schwarm der Spatzen, die im Sand baden,
zwitschernd und staubig, mit schlagenden Flügeln,

während unter den Wolken, wenigen nur,
der Götter Sprechblasen, unter den Schwaden
tanzender Mücken, ersten, lichten Schatten,
schwebenden Fäden aus Tau, Spinnennetzen
und der Karawane aus Maulwurfshügeln
sich langsam die Toten verpuppen.

DER REKTOR

Der Rektor am Institut für erfolgloses Schreiben
kommt abends nach Hause und legt
die schmale schwarze Tasche auf den Stuhl,
der neben dem Flurspiegel steht. Der Rektor

öffnet die Tür und tritt ein, die Haare nass,
die Schultern nass, die Schuhe durch,
und die Frau des Rektors, als er hereinkommt, kreischt,
»Hast du das gesehn?«, sie steht im Wohnzimmer

und hat das Bügelbrett aufgestellt,
der Fernseher läuft, sie hat die Haare hochgebunden,
und in ihrem Mundwinkel hängt eine Zigarette
wie ein schief in die Wand geschlagener Nagel,

und daran hängt ihr Gesicht verkehrt herum.
Und die beiden Kinder sitzen am Couchtisch
und schaufeln Brei, die Löffel klingeln
an den Tellerrändern, über den Bildschirm läuft,

weil die Röhre es bald nicht mehr macht,
ein schwarzer Balken von unten nach oben.
Es gibt dasselbe wie am Abend zuvor,
nur riecht es noch intensiver, wie wenn es taut

und das Laub wie die Unterseite von etwas riecht.
Es ist ein vollkommen trostloser Abend.
Der Rektor am Institut für erfolgloses Schreiben
steht am Fenster, den Lärm noch im Ohr

des wieder überlaufenen Seminars.
Draußen schüttet es. Fast lautlos.
Als liefen Katzen
durchs dunkle Treppenhaus.

CAVE POETAM

Nichts ist weicher als das Fell unter dem Halsband,
das siebenmal so schnell vergraut. Die Haut
darunter zeigt sich beim Rasieren, bevor die Wunde
genäht wird. Und nichts ist so peinlich
wie das Kreisen der Hüfte nach dem Kastrieren.

Nachts riecht die Hand vom Streicheln
oder Schlagen. Dafür reißen sie uns nicht in Stücke,
aber scheißen aus Rache in unsren Garten, die wir
Namen tragen für unsren Nachruf, den ihr Blick löscht,
während sie an unsren müden Knochen nagen.

LESUNG IN DER PROVINZ

Wo die Autobahn abzweigt,
wird's auf einmal grün und still.
Du hältst an, der Motor schweigt
und qualmt noch durch den Kühlergrill.

Das Gästebett ist schmal und knarrt,
wenn man sich im Schlaf umdreht.
Als ginge es auf große Fahrt,
wo es doch um gar nichts geht.

Zehn Leute warten anderntags auf dich.
Nicht hundert, nicht zwanzig: zehn.
Man schweigt betreten, räuspert sich
und will dein Leben sehn.

Die Hälfte hast du soeben gelesen
und davon nochmal die Hälfte gelassen.
Selbst das ist noch zu lang gewesen.
Du musst dich nächstens kürzer fassen.

ABEND AUF DEM LAND

Am Ende des Tages verschließen sich die Worte,
das Summen wird leiser. Die Hände schwanken.
Die Köpfe werden in den Nacken gelegt.
In den Kehlen fließen die Silben zurück.

Einwärts drehen sich die Augen. Die Flügel
sinken. Die Ohren schlüpfen. Die Zunge
kriecht nackt über die letzten Sätze
ins Schneckenhaus des Schlafes zurück.

VI

Früher Morgen

Anwesenheit, Wäscheleine,
die durchhängt

von der Woche
zwischen Bäumen,

unter denen
Schatten trocknen.

Leute
auf allen Wegen,

vor der Ewigkeit
leicht verbeugt.

ABWESENHEIT

unterm Bett
die Schuhe
die Senkel offen
die Absätze schief

immer liefen sie dahin
wo niemand mehr war
in denen
kommt man zurück

TAUT

Barfüßiges Gras
kommt aus der Nacht
Morgenlicht kriecht auf Schiffen
unter Kanalbrücken
Bewölkte Teiche

FREITAG

Hunger, Feldweg,
der an einer Blechhalle endet.

Im Schlepptau eines Pfluges Möwen
über den Kippen der Deponie.

Suff der Bäume. Hügel, von Licht
umbaut, von Schatten bewaldet

die Senken. Vor allen Haustüren
Watte, frisch aus dem Schornstein

gefallen. Das wartende Bett, darunter
die Hausschuhe, wund gelaufen.

Gekühlte Speisen im Schrank.
Haustiere, wie Behinderte sanft.

Die Haare der Abwesenden
im Schlaf im Gesicht.

Süden

Hunde, von der Hitze überfahren.
Katzen, bis auf den Schatten abgemagert.
Alte, die gehen
wie Kinder auf Stelzen.

BRIEF IM FRÜHJAHR AN MICH SELBST

Niemand glaubt dir,
wenn du die Tage mit Papier verstreichen lässt.
Jetzt musst du *beweisen*,
dass du verwandt bist mit den Vögeln.
Anders begreifst du nicht, dass die Stille unter Wasser
mit dem Schnee ausgeschüttelt wird.
Anders siehst du nicht, dass mit der Schrift
etwas Dunkel abfließt.
Musst so schreiben, dass sie glauben, du singst,
und du selbst glaubst, ein Vogel zu sein.

Die helle Unterseite

Es gibt ein Bild von einem selbst,
das aber kein Bild ist.
Aber die Vorstellung bleibt.

Man betrachtet es, auch wenn man es
nicht betrachtet. Es ist kein Bild,
aber die Vorstellung bleibt.

Es gibt die helle Unterseite der Vögel
bei Sonnenaufgang und am Abend die Dächer,
die leuchten. Aber nicht dieses Bild.

Aber die Vorstellung bleibt. Es gäbe
sie nicht ohne das Bild. Es gibt sie,
aber nicht dieses Bild. Sie bleibt.

Man betrachtet es, auch wenn man es
nicht betrachtet. Es ist kein Bild,
aber die Vorstellung bleibt.

Es gibt die helle Unterseite der Vögel
am Morgen und am Abend die Dächer,
die leuchten. Aber nicht dieses Bild.

Man sitzt davor und betrachtet es.
Wie eine Katze am Morgen
im Lärm der Vögel, äußerlich ruhig.

KREIDE

Langsam wurden wir glücklich
geduldig
wuchsen an
wie Prothesen
an den Fenstern an denen wir ewig saßen wanderten
die Blicke Flocken
tauten
über dem frischen
Schnee
der Gegenwarten

lebten wir in Richtung der Fahrten
Schreiber
Jahrgänge von Gesichtern
auf der Tafel
quietschte
die Kreide
wischten starrten:
Regenglanz
auf gehobelten Balken

Aber zum Glück
war auch das Schreiben
nur angelesen

Und alle Bilder hingen schon
schief
keins war noch zu hängen
und das Lied das in allen Dingen
weiter in den Gesängen

Vielleicht bin ich

Vielleicht bin ich aus Einsamkeit
Angst vor ihr gemacht
Liebe oder einer Laune

Abwesend war ich in jener Nacht
fast von Dauer, wie jetzt

Schauer
der Straßenkreide frisst

NACHT MIT SPRACHE

Wir liegen eng beisammen
und kauen an den Seelen
und stöhnen die drei Worte,
die dann beim Abschied fehlen.

Sie schreit: das ist die Liebe!
Das darfst du nie vergessen!
Und wenn du Hunger leidest,
darfst du mein Herz mitessen!

Dann hat sie sich gegeben
und zieht sich schweigend an.
Nackt vom Überleben,
geh ich wie ich kam.

SUMMEN IM BIERZELT

Eine Horde Schlachtenbummler,
berauscht vom leichten Sieg,
singt mit heiseren Stimmen
ein kleines schmutziges Lied.

Auf Antwort muss hier niemand warten:
ein paar Tische weiter vorn
ergießt sich aus einer der Butterfahrten
ein Schwall aus Des Knaben Wunderhorn.

Sangeskraft erfüllt die Halle,
die Luft ist schwer, zum Schneiden dick.
Verwirrt und ganz betäubt vom Schalle –
zwischen den Chören: ich.

Sprachverloren und ganz friedlich
summ ich meine Schlachtgesänge.
Und mein Leben zieht sich, zieht sich
überglücklich in die Länge.

ABLIED FÜR S.

Ich ging zu Tisch und saß
mit Messer und mit Gabel
Der Vogel den ich aß
öffnete den Schnabel

Das Messer schnitt und wurde rot
Die Gabel brach die Brust entzwei
Ich lebte noch er war schon tot
Und ich aß und sang dabei

Ich kaute hungrig und sehr lang
bis ich den Geschmack verlor
Da kam der Gesang
aus meinem Ohr

VII

Was dachtest du nicht

Was dachtest du nicht,
was Poesie sei.

Der Schatten eines Baumes
der Genitiv des Lichts.
Das Gewicht eines Apfels
der Druck einer Hand.
Der Vollmond der Spiegel
eines fliehenden Rehs.

Wer
hatte das geschrieben?
Ein Verrückter?

Was dachtest du nicht,
was Poesie sei!

Augenblicke,
wie Stichstraßen ans Meer.
Lichte Momente,
schwer
wie Blei.

Alpen aus Wolken.

Und vorbei.

INHALT

Choral · 7

I

Landregen · 11
Alter Friseursalon · 12
Der Bäcker · 13
Ostwärts · 14
Pendler im Winter · 15
Holz machen · 16
Juli · 17
Sonntagmorgen · 18
August · 19
September · 20
Spätsommer, Abend · 21
Unter den Apfelbäumen · 22
Erntedank · 23
Halbzeit, Alte Herren · 24
Ende der Saison · 25
Winteranfang · 26
Vierter Advent · 27
Heiligabend · 28
Januar · 29

II

Bus in die Stadt · 33
Ende der Nachtschicht · 34
Call Center · 35
Offene Grenzstadt · 37
Hauptbahnhof, morgens · 38
März · 39
Geburtsstadt · 40
Motel · 41
Mai · 42
Verschenkter Nachruf I · 43
Verschenkter Nachruf II · 44
Verschenkter Nachruf III · 45

Juni · 46
Oktober · 47
Feierabend · 48
Herbstanfang · 49
November · 50
Stille Nacht · 51

III

Flussabwärts · 55
Oben, unten · 56
Nach der Kindheit ist wie nach dem Sex · 57
In einem Haus am Ende der Straße · 58
Meine Haare · 59
Pegasus · 60
Nächtliche Autobiografie · 61
ach der sternenhimmel · 62
Jedem Blatt · 63
Lektüre · 64
Fast leeres, fast stilles Wartezimmer · 65
Straßenrand · 66
Genealogisch · 67
Glück · 68

IV

Blumen · 71
Post triste · 72
Post triste · 73
Post triste · 74
Fieber · 75
Der erste Kuss · 76
Abtrieb der Wolken · 77
hinterhof · 78
Entdeckung an einer alten Frau · 79
Durchfahrt · 80
Feinripp · 81
Post triste · 82
Lied für niemand · 83
Post triste · 84

Post triste · 85
Dies ist · 86
Post triste · 87
Post triste · 88

V

Die unruhigen Nächte · 91
Die Klavierlehrerin · 92
Brahms · 93
Vorabend · 94
Beobachtungen am Jüngsten Tag · 95
Ach Issa · 96
Der Rektor · 97
Cave poetam · 98
Lesung in der Provinz · 99
Abend auf dem Land · 100

VI

Früher Morgen · 103
Abwesenheit · 104
Taut · 105
Freitag · 106
Süden · 107
Brief im Frühjahr an mich selbst · 108
Die helle Unterseite · 109
Kreide · 110
Vielleicht bin ich · 111
Nacht mit Sprache · 112
Summen im Bierzelt · 113
Ablied für S. · 114

VII

Was dachtest du nicht · 117